21世纪华语诗丛·第二辑

韩庆成 / 主编

命 名

蔡英明　著

世间任何一条斑马线
都是我失散多年的诗句
有谁会为我的一行诗
写满标注
有谁会像读一卷书
读我的脸
读我眼底的阴影

知识产权出版社
全国百佳图书出版单位
—北 京—

图书在版编目（CIP）数据

命名/蔡英明著. —北京：知识产权出版社，2020. 5
（21 世纪华语诗丛/韩庆成主编. 第二辑）
ISBN 978 - 7 - 5130 - 6843 - 7

Ⅰ. ①命… Ⅱ. ①蔡… Ⅲ. ①诗集—中国—当代 Ⅳ. ①I227

中国版本图书馆 CIP 数据核字（2020）第 047681 号

责任编辑：兰　涛　　　　　　　责任校对：谷　洋
封面设计：博华创意·张冀　　　责任印制：刘译文

命　名

蔡英明　著

出版发行：	知识产权出版社有限责任公司	网　址：	http：//www. ipph. cn
社　址：	北京市海淀区气象路 50 号院	邮　编：	100081
责编电话：	010 - 82000860 转 8325	责编邮箱：	zhzhang22@ 163. com
发行电话：	010 - 82000860 转 8101/8102	发行传真：	010 - 82000893/82005070/82000270
印　刷：	三河市国英印务有限公司	经　销：	各大网上书店、新华书店及相关专业书店
开　本：	880mm ×1230mm　1/32	印　张：	6
版　次：	2020 年 5 月第 1 版	印　次：	2020 年 5 月第 1 次印刷
字　数：	65 千字	全套定价：	198. 00 元
ISBN 978 -7 -5130 -6843 -7			

赠给自己的二十岁

自信、娴熟与成就

杨四平

21 世纪已经 20 个年头了。在中国文学史家惯常的"十年情结"思维图谱里，21 世纪文学已经跋涉了两个"十年"。这让我想起 20 世纪中国文学"三十年"里的头两个"十年"，那是其发生与发展的两个"十年"。相较而言，21 世纪头两个"十年"却是发展与成熟的两个"十年"，尽管没有出现像 20 世纪头 20 年时空里那么多灿若星辰的文学大家。我想，这也许不是文学文本质量的问题，更不牵涉文学之历史进化观问题，而是其传播与接受的差异问题。再过几百年，在这两个世纪各自的头 20 年，到底是哪一个世纪最终留下来的经典文本多，还是个未知数呢！

回望历史，关注动态，展望未来，百年中国新诗一路走下来，实属不易且可圈可点。20 世纪 80 年代中期之前，在启蒙、革命、抗战、内战、"土改""文革"、改革等外部因素影响下，中国新诗一直在为争取"人民主权"而战，中国新诗的社会学角色、责任担当及诗意书写成就辉煌；之后，在经历短暂之"哗变"以及为争取"诗歌主权"之矫枉过正后，中国新诗在"话语"理论中，找到了内与外、小与大、虚与实之间的"齐物"诗观，创作出了健全而优美的诗篇，同时，也促进了中国新诗在当下之繁荣——外部的热闹和内在的繁荣！显然，这种热闹和繁荣，不仅是现代新媒体诗歌平台日益增长的文化与旅游深入融合导致的诗歌活动之频繁，诗人、诗歌的"自传播"和"他传播"之交替，更是中国新诗在"百年"过后"再出发"的内在发展和逻辑之使然。

当下的诗人，不再纠缠于"问题和主义"，不再困惑于外来之现代性和传统之本土性，不再念念于经典和非经典，而是按照自己的"内心"进行创作，其背后彰显的是当下中国诗人满满的文学自信。

正是有了这份弥足珍贵的新诗自信，使得当下中国诗人在进行创作时能够"闲庭信步笑看花开花落，宠辱不惊冷观云卷云舒"。如此一来，当下诗人就不会徘徊于"为人生而艺术"或"为艺术而艺术"，也不会计较于"为民间而诗歌"或"为知识而诗歌"；进而，他们的创作就会写得十分"放松"，而不会局促不安，更不会松松垮垮。因此，当下，一方面诗人们不热衷于搞什么诗歌运动，也淡然于拉帮结派；另一方面诗评家也难以或者说不屑于像以往那样将其归纳为某种诗歌流派或某种文学思潮。即便有个别诗人仍留恋于那种一哄而上和吵吵闹闹的文学结社，搞文学小圈子，但是那些毫无个性坚持且明显过时的文学运动在新时代大潮中注定只是一些文学泡沫而已。

用文本说话，让文本接受历史检验，纵然"死后成名"或死后成不了名，也无所谓。这已成为当下中国诗人的共识。所以，当下中国诗人专注于诗歌文本之创作，一方面通过内外兼修提升自己的境界，另一方面砥砺自己的诗艺，以期自己的诗歌作品能够浑然天成。伟大作品与伟大作家之间是在黑暗中相互寻找的。有的作家很幸运，彼此找到过一次；而有的作家幸运非凡，彼此找到过两次，像歌德那样，既有前期的《少年维特之烦恼》，又有后期的《浮士德》！所谓机遇，就是可遇而不可求，但"寻找"却要付诸实践、坚持不懈。我始终坚信：量变是质变的基础。这一定律，对文学精品之产生依然有效（前提是"有主脑"的量之积累）。那种天才辈出的浪漫主义时代早已一去不复返了。值得嘉许的是，当下中国诗人始终保持着对新诗创作的定力，在人格修为上，在文本创作上，苦苦进行锤炼，进而使他们的写诗技艺娴熟起来，创作出了为数不少的诗歌佳作，充分显示了 21 世纪初中国新诗不俗的表现及其响当当的成就。

我是在读了本套"21 世纪华语诗丛"后，有感而发，写下以上这些话的。在这十本诗集里，既有班琳丽、夏子、邹晓慧这样已有成就的名诗人，也有李玥、刺桐草原、汪梅珍这样耕耘多年的实力派，还有卡卡、杨祥军这样正在上升期，状态颇佳的生力军，以及蔡英明、李泽慧这两位 90 后、00 后新锐。他们各具特色的作品，使这套诗集内容丰富、异彩纷呈。祝愿我的诗人朋友们永葆自信、精耕细作，在未来的日子里不断给中国新诗奉献出新的精品力作，为中国新诗第二个一百年添砖加瓦、增光添彩！

2020 年 1 月底于上海外国语大学

目　录
CONTENTS

命　名

书桌前堆着一墙书
它们在深渊中，歌声布满灰尘

它们看见我沉默的脸，全部停嘴
等待我打开它们的面庞
像为《死亡确认书》盖上印戳

我曾路过大片大片荒凉的墓地
梦里，我举着一根树干拨开杂草
坐在一块墓碑前，点上蜡烛

这块墓碑的主人
可能是我十二岁，过期的一瓶牛奶
或者一次未果的旅行

两年前，我从未想过会收到朋友的赠书
两年后，从未想过自己可能会有一本书
最初，我像在手术室外一样焦虑

窗外的红绿灯打在我脸上
像我的懊悔与不安，交替

我想跑到一座丛林，地面只有落叶
树根只有树叶。我抱紧头：你准备好了吗？

你准备好了吗？——我甚至尚未思考清楚
就摸到一个新生婴儿的足踝
冰凉，柔软。像这个夜晚

与我生命所有的夜晚不同。它带着
甜蜜的忧伤。是我与自己的爱情

我曾想过与世界分手
她想死/可是她想去巴黎

我最大的梦想
就是客死他乡

我曾读过的小说，它们被晾在衣绳上
像盐巴在海滩蒸发。纯粹的部分只流到一只容器

我的灵魂里。教室灰色
周围，我命令歌唱的精灵在发光

它们高大而辽阔，吞噬我的课本
我的泪水，紧紧抱住我

——海水即将漫延过岛
它亲吻岛的边缘，轻抚它，摧毁它

它像夜幕一样关上灯
唯有沉默在闪烁
我在墓碑前发现一只精灵
在树林的落叶底下发现精灵的余音

这片土壤二十年来独自承受的恐惧与孤独
沿着叶片上的水珠，滴落

当我不知如何
为这部分的生命与世界命名
我决定叫它命名

从 Do 到 Mi

从茨维塔耶娃

到玛丽娜，忧伤滑开我身体内一排竖琴

奏响月光曲。一根根弦

我分别命名为：晚年、童年、月站、鱼池

爱情和愈加变暗的鸟鸣声

最瘦弱的那根弦。我为它错过一整夜

晚星从群山跌落，极轻极轻

像心碎。天空打了个响指

瀑布永远趴下。雾色里，我们航行

有人预言，我会飞起来，飞

像音符甩开五线谱

超越韵律

——最终如桅杆前方的落日

救生筏滑向大海的腹部

浅紫色河流穿过手指，星期五，游行的人群

变成玫瑰，从窗台纷纷丢弃而下

人们思索死后究竟举行火葬

还是一把灰烬撒向苍茫

一辆列车驶过，戛然断在

我的大拇指与食指间

那是我写下的两道阴影，两扇逃生门

开，闭，合。飞起来，飞
像音符甩开五线谱
超越韵律地飞

——神的声音是荷叶淌着露水
你们全都屏息聆听
这一次次飞起
是我一次次在越狱

小 满

小满，你满在我的心头

小满，鸽子的羽毛从你身上飞走

小满，你过于丰盈与宁静

小满，我的火车离你只隔一片旷野

小满，我曾数着鸡蛋花

数到你家的灯盏落下最后一片花瓣

小满，池塘里的水涨了

苦竹不是锈迹，斑斑是乌云的眼眶

小满，我摸灭了灯

整条长廊在我体内矮了八度

我踮脚，只为偷看对面的果树

有阵风接近于粉红

小满，今晚，圆月未满

这个月也未满

我尚未满二十岁

你定要我的血与泪

从水缸里像如鸽子徜徉般溢出来

风声走低了胸襟

槐树解开了纽扣

小满，我们绕着彩虹船
一圈又一圈。我的昏眩接近于浪花
一千朵浪花里的第一朵
刚好把你揽入怀里的那朵
我的耳朵流出泡泡鱼
咕噜咕噜，我吃水，也吃你
夜色发酵成海底的深蓝

小满，今年，我头发长长
鸽子云集。玫瑰绣满
我已忘记那些零散的月光
你又教我重新记起
默写出毛衣里的旧绒球

小满，那只影子越来越远
我的心始终系在月梢上
偶尔隐隐作疼
月亮的背面
你从未见过

反　光

他们给我的寂静
安上红萝卜鼻子
两只扫帚

他们在我窗前欢笑
把我的寂静
撕成小小的雪球

他们打雪仗，我的寂静
抛在半空中
踩在靴子底

他们爱过我，抚摸过我，亲吻过我
他们走了，雪球滚到枯草旁

许多傍晚
唯有我与雪
相互反光

遗　址

教室灰色，窗外灰色
我一边流泪，一边写字

你阅读这首诗
是在参观我的遗址
罗马圆柱，圣碑，钟楼
刻着所有的昨日与悔恨

台阶散发冰凉的灰色
是我的苦难
透在石上的色泽

你手里的鸽子，释放它吧
它的名字叫无辜

你脚底的街道
我用遗憾铸造成
三年日落，铁与血浇灌每棵树

你踏入这里
走进永远没有明天的遗址

现在，守门人，尊贵的陛下
我赐予你令我悲伤的通行证

你身后的哀伤，我多年的遗址
我宣布它全部
破产
化作体内
一根根肋骨，青筋，紫筋

早在子宫里我便听到一声
幻灭。欢迎来到这个世界

过 渡

我穿过一垄田野
像灰色幼鸽穿过记忆

小爪子不断碰到杉木树梢
记忆紧紧钩住脚踝
不断跌倒。远处是迷雾
灰鸽坠入灰色，我进入自己

麦地无法承受声音的力量
我的呼喊伴随玻璃反射苍穹
又弹回地面。唯有积雪听见

树叶挨着淋湿的树叶
隐隐露出鸟蛋
仿佛季节之眼睁开一条缝

风不受时间与空间的控制
漫过田野，钻入我身子的间隙
它把我当作家，永远睡在里面

最高的那束麦子向我走来

一扇逃难门

阳光轻轻晃动麦子
门开启
阳光挣开麦子，伸向远处
门再次关上

开，闭，合
在金色与金色之间
我过渡自己的颤抖

锁 骨

我钟爱身上这对锁骨

左侧妹妹，右侧姐姐
一对小女人，镌刻脖颈下

沉睡，吮吸，吐出凝露
化作哀伤，挂在夜色

我身为姐姐
更愿做自己的妹妹

忧伤如雾色起伏
升于锁骨，又止于锁骨

左侧太阳，右侧月亮
各自一半，却又完整

我爱左侧的胜于右侧
正如爱白昼多于夜晚

左侧锁骨更深

我忧伤的时刻，更多

眼泪埋在锁骨，如埋在天台
露珠散发森林芬芳

远处果实成熟，草地布满落叶
噢，如此轻易，沿着锁骨

驶入他乡。我不禁想低头亲吻
这两条小径。曾经与未来
可能与不可能

我轻轻抚摸左侧。右侧
永远轻了一根羽毛

寂　静

一天内，听见三种寂静

一种沿着锁骨
一种风吹发丝

小小风，小小发丝
寂静细成别针

第三种寂静。从面庞轮廓
全部切开，分给暮色

一半属于她，一半属于傍晚
听光线垂落
如倾听心跳

此刻，她与世界共用一颗心脏
输氧管自天空朝下

来自云端的光，金色空隙
坐着曾经与未来

命　名

呼吸，寂静钻入毛孔
伴随每寸光线移动

膨胀，如电磁炉热水
剧烈。仿佛坠入

另一个完整的时空

与斑马线轻轻共鸣

斑马线刻在床单上
每晚，像盲人一样
温习过人行道

背诵圣经一样
背诵每条斑马线
一行行，如我曾写过
诗句。注满悲伤与鲜花

雨天它枯萎。冬天
人人踩在斑马线上
如同是踩在诗句上
晴天我年轻的面孔

有谁会为我的一行诗
写满标注。有谁会像读一卷书
读我的脸，读我眼底的
阴影

世间任何一条斑马线
都是我失散多年的诗句

你们用不同脚步，不同语种
读它，渗透它，抛弃它
把烦恼，欢笑，悲愤
踩在我身上走过

天空爱你，玫瑰爱你

只有斑马线懂得我
只有斑马线轻轻爱我

木

我把体内最后一片木写入
命令它是栀子花芬芳的形状

这片草坪上站立的都是我的木
玉帝成为薄荷色
木在敲击，声响溅落树上的鸟
妃子别上发簪

十岁，我害怕自己失踪
每晚躲进被窝
倾听窗外的每一棵树摇晃

木在我的诗行里浸泡，发软
妈妈在树下煮中药
木一日比一日更薄

我曾含着泪水轻轻吻过一张脸
很小很轻的精灵飞起来
木在消失

木成为麻雀，稻草人和陈旧

我变成一座空空的白色房屋
隔壁是梳着羊角辫的我
另一旁，住着黄昏的我

木在枯萎的风中，缓缓颤动
像飞鸟轻盈企图在双唇中
获得升天

有的木留在了这张纸上
浇灌成铁水
带着永远陈旧的打磨声

窗外的雨滴响我的无名指

红

爱丽丝唯一的降临
是沉默的木头

留着铁的眼泪
有的长得像弟弟
有的像妈妈的香皂

风吹过旷地
落日下，我和弟弟
摆放木头，砌起一堆沉默

欢迎来到木头王国。这是精灵
宫殿。我们看过一眼便无法忘记
黄昏埋入海水中

我们搬家，又搬家
如今他在房间里像雪一样

那个午后，落日与木头
其实是同类。我与弟弟是妈妈的香皂

红色的人类触碰另一种红色
木头的红是一曲歌谣

宽宽的马路成木头
我曾做过冰凉的梦

成为木头。妈妈和弟弟
成为木头

我的童年，歌声环绕
一千亩地的红
一千亩地的童年与逝去

我用手指倾听木头
颜色住在里面
还有一座岛屿
我隔着木头的皮肤像海水

具　体

悲伤具体到
椭圆形，马蹄莲

像昨日刚定格的永恒

一刻钟以外

每天仅有一刻钟
属于金色
她撒下的麦片，如刀刃般生长
寒光闪烁错觉
她属于另一个刻钟

两个游离变成四个游离的她
无须准时等候公交
她的草鞋落在郊野
奔跑，仿佛一生
痛苦从未长过波浪状

一刻钟将日子变成体内茶渍
不断变凉，滴落
从未开口的话
向自己复述一遍遍
以褪色的口吻，逼近
镜里的另一面阴暗

直至那一刻钟划开双桨
舀出仅存的阳光

原谅水手过于生疏
从未站在花芯里
金色于她是种丰盛

时光将她捏成鸽子状
其余的刻钟
沦为她一生的余晖

爆破音

如果我沉默
是莫兰迪色的沉默
今年的流行色系

阳台上晾床单，小生物们扑向雨水
裹紧牵牛花，纵身跳跃

每日清晨，推开窗户
草地，一片刚死的沉默
昨夜梦太凉，它们受寒
残留花朵状的沉默，喇叭状的沉默
倒金字塔形的沉默，哨子状的沉默

我一眼辨认。货物架，书页，花盆
火车两根细细的铁轨，柳树的头发
收割后的月光
沉默拥有形状或者超越形状

沉默紧紧揽住陌生人
如绳索从十三楼抛下
嘣噔，音节清脆

沉默终于发声
并且是爆破音

用词语召唤完整

原始泥土黏合成
我的普赛克

我坐在书桌前
仿佛坐在钢琴凳上

课桌变成丝绸
我是歌唱家

冰凉与灰色材质
倾听我的声音
如同抚摸奇迹

我的一首诗
在铅色中缓缓挪动，发声

——所有人越过峡谷，海洋
才能谛听到的歌声
像你的慈祥

时间凝固在我耳垂

那里成为飞鸟的深渊

我写诗时
崩裂成一座火山
所有的词语飞进来
熔铸成烈火

我要把世界上一切声音灌注成铁水
神的耳朵贴在我屋顶上

我命令所有的音节趴在石榴裙下
所有的金色臣服于我

野兽的休眠永远终止
我即将
——用词语召唤完整

惟 见

晚上，你把书放到一边
我摊开整本书。学会像翻词典
翻开自己。时间，地点，人物记不清
唯独你，成为常用名

有的单词会遗漏
有的注定收藏在最里侧。比如"傍晚"

造句。"傍晚我们在田野里见过山羊"
同义句转化。"看到田野想到你。看到山羊想到你。
傍晚想你，不是傍晚也想你。"

封面。我的眉毛下埋着大眼睛
神色里闪烁深秋。那里有条小径
通往你。或者返还

夜晚，人们安静柔软
如掉落在地的衣服

脆弱与真实如海水抵达
喘气，银针颤抖

回忆，一朵接一朵浪花卷走

夜幕下她背过身，与天空谈心
为何天空背过身
每日一次

所有的爱，永远的
一分为二

雪　光（一）

我从未见过您，却抚摸过
您窗台的一把盐或雪
它们踩在您骨头上尖叫
翻开书本，字迹是尸骨

您一一抚摸，捡起来
像扔鱼干丢在窗外
词句被雨淋湿，车胎碾过

那扇铁窗，我仿佛光临多次
您与一只喜鹊毗邻
喜鹊从松树上跳到
蓝色音节里。它不再是"昔"与"鸟"

童年，我家旷地有棵松树
我幻想松树结满松果
一只松鼠跳过

可誓言分叉成大大小小的枝干
誓言上什么也没有
闪烁露水

词汇等待灌满风

我摘下它
长大，读诗
原来，松树站在喜鹊身上

旷野里的松树们
你们可以安息了
闭上眼睛，轻轻摇晃
什么也没有的枝叶

雪　光（二）

如果封闭是圆形
我用词语切开
内部躺着什么

小小的金雀鸟
完成部分的上帝

上帝有婉转的歌声
在盐与海里一天天染白
上帝原本就是白的
他只是更加沉默

荒凉是我割出来
献给爱丽丝的
岛与海的界限是祈祷

那条浅浅的线
像人体青紫色的血管
共同点，它们都是凉的
被遗忘的

车厢望见黑山羊吃草
我们见到的不是同一片田野

鱼的彩色鳞片挂满天空
人们看见状语，而我
俯身寻找呼吸声

和 弦

月光奏鸣曲，两根琴弦
从夜色穿行到一片岛屿

海豚隐约透过光亮，顺着音乐
找到另一片羽翼

G 调：我们的栖所，梦披上鸟群的翅膀
海水获得雪声

小小的树神迷途
雪擦亮开垦的田野

重叠声部：我们未曾见过海
海水缓缓流到身边

岛屿上永远是金色薄雾
最轻最轻的祝福

伴随金丝雀的鸟鸣声
打湿一束浪花

月光落下一缕忧伤（组诗）

致　辞

我不是从第一行开始预言
我是从月光落下最后一缕忧伤
开始致辞，致大地，致我未曾谋面的未来
致晚点的爱情，末班车的理想

我，一名敲打月亮为生的木匠
敲打第一下，月色从脚踝爬到腰肢
像爱情缠绕一棵泡桐树
不离不弃。我惊醒玉兔的美梦
偷了李白的月亮，我深表歉意

敲打第二下，女孩盛装出嫁
玫瑰，鸽子，黄昏与失望装满裙摆
哦！她的未婚夫是生活，她的情郎是音乐

所有我敲出的一下下
变成诗歌，它们走着，跳着，舞着
在地下广场饮酒，狂欢，纵歌，哭泣
噢——地下广场，离我，离月亮

太远，太远！

它们见不到月色！它们即将枯萎！
——可如果枯萎，也像沉默一样
美丽而缓缓凋零
玫瑰与我的诗句放在一起
玫瑰也会自惭形秽

——可是，月亮
为何你从来只用冰凉亲吻我

月亮如额头般缄默

我渴望月光开出一条冰凉的路
落出一句诗句，
为何你只是一束月光，静静地
将忧伤凝结成银色

从图书馆到寝室，十五分钟
从寝室到图书馆，十五分钟
一道列车，月光，你是列车长
即将倒塌的书籍，累成一座座站台

一本书是一个人的骨灰
我读过那么多本书，摞起来

高过我体内的深渊，每读一行
总有一辆列车呼啸，驶过我冰凉的泪

我踩着骨灰拾阶而上
月光如额头般缄默

墓志铭

——我已经死而无憾
每一个瞬间已成为雕刻

后人想象我的爱情，思想，容颜
用水泥，树脂或者花岗岩

——告诉你吧，
我的爱情是月亮
我的思想是月亮
我的容颜是月亮

手工匠们纷纷住手吧
抬头看看天空
月亮是我崭新的肖像

回　答

——戏台上，你们穿着道具
在表演什么？

——歌手们，你们的歌词
如此熟悉

——妈妈们，你们哄宝宝睡觉
说起一位仙子

——宝宝们，你们做梦
梦到一轮月亮，不是天上的那轮

诗歌沉睡大地
小草儿一片碧绿

月光旅行

这本书籍是我生前刻下的墓碑
我写下一行诗句
即将成为一朵郁金香
一个受难日，成为我的墓志铭

世人遗忘我，如同一只麻雀

飞到旷野，风吹过，不留痕迹
而我的墓地将永远花团锦簇

你抚摸书脊
顺着它抚摸到我冰凉的脊椎
我的目光
比烈日下的海水还滚烫

你读到的不是心形钥匙
牛皮信封，银色月光，森林矮人
是我在呐喊，我在流泪，我在高歌

我爱的不是高个子男人，矮个子男人
不是穿灰外套的男人
——我爱的是爱情

这一排排书籍，我的出生日
成人礼，毕业日，分手日，结婚日
死期。它们刻成一块块墓碑
替死去的我，耸立在活的人间

千年后，书店成为教堂
而我的墓碑
成为你手上的《圣经》

我请求你忘却我吧

我只是一朵浪花埋入冰凉

但记住我的诗句

它让人间的月亮，从此有了月色

点 灯

她陷落。如果玫瑰晚一步
蓝色迷雾，露水点灯
童年踩过的那些银杏落叶
正从镜里返回

蜂蜜闪烁微弱
如张羊皮纸渗出记忆与爱抚

我们所说的爱情是什么树影
单瓣花朵俘获夜色狂想
她在她的染色里
她在接近谎言的潺潺里
呼吸得到一种特有的乐曲

为了拥抱永远，她拥抱另一身的孤独
为了接近自己，她过于接近镜子
捞起，但她不断陷落
所有的玫瑰，都晚了

亲爱的

一个少女放缓身上的水流
一个男人使玫瑰成为可能
一个孩子吸光晚霞，像吸光乳汁

她经过一株鼠尾草，一把镰刀
一个笑话，一种也许，一滴眼泪

她无法学会等可能性
一株草换来一把镰刀，一个笑话
换来也许错误的爱情
一滴泪溅湿一颗心

庞大于她，不是吨位，不是乘方
是他抚摸过一瓣花片
称为，亲爱的

我的月亮属于阴性

我的月亮属于阴性
我分娩的诗句一定是个女人
她有向日葵头发，瀑布色肌肤
眼里的深沉足以令太阳落下

我们的血缘在墨迹吹干时已到尽头
我们没有一片相似的山岗
没有佩戴典礼的花环
我注定诞下她们
注定忘却她们

我们相遇，并即刻告别
她们在传阅中获得新生
成为阳性，成为男人
成为玫瑰，成为战争

我紧紧关上回家的门
对我的女人说，我给予你自由

玫　瑰

玫瑰一天苏醒两次
在我体内某个小小角落
沉睡，或者直接
死亡

我身体深处的玫瑰
怀恋声音与芬芳
她们推开窗户般推开我身体

海水般漫游整栋房屋
所有的玫瑰，全部骨白

有时玫瑰从我身体里流出
模糊，微小，发光
傍晚时你说
我爱你

这三个字
同样模糊，微小
泛着更细的光

槐香在月色中留下吻痕

我想翻过体内的篱笆
让深藏的玫瑰探出头来

涨潮之后，我只剩下寂静
手，鼻子，眼睛。复制它们的爱
与复制它们，同样容易

昏暗当中，唯有寂静
穿透。我想穿过如雾般的镜子
穿过自身。破碎，有一天
我会将自己粘贴起来

成为第二个我
像我从未吃饭，睡觉，恋爱过
在黑暗里躺下。槐香在月色中留下吻痕
蜂蜜与沉默一同滑落

如马匹的棕红鬃发
一切飘进我的梦里
枕边残留最后一缕红
晨曦提前到来

只有使用完这个我

我才能使用世界

不止是永远

弹琴。我们何时见过河流尽头
蓝色月亮。你流成一尾小鲸鱼
从拔掉的三根琴键，游动而过
或许是错觉，春天不曾宠幸过我

我独自在黑匣子。空空
巫婆在楼顶挂星星拐杖。敲敲
乌云投向阴影的渔网
可我一生未能织好

浪朵，你更加浪朵，愤恨
你用麦穗制成的长矛，插入
我的肋骨。停止

可我的身体不是原野
可我习惯温柔胜过于悲伤

萤火虫从我的河流里遗失
从某根琴键或我的肋骨
寻找尽头的蓝色月亮

我打着草灯

在漫天星空，游荡

不止是永远

为月光插上蝶翼

我爱她身上的焚烧场
记忆如同塑料
舍不得用金属形容
焦味如同冬天树懒般蜷缩

大海采集月光
化为波浪，一朵朵，一排排
编码是从小到大的药方
动物标本，爱情，暴雨，日记和遗嘱
鲜花像阳光般热烈

每年，替田野，犀牛，樱桃立下遗嘱
像晚霞一样违背天空的遗嘱
为了罪孽深重如同蜂蜜馥郁
获得重生的可能
每夜焚烧垃圾，每个人的细微
为月光插上蝶翼，灰烬染上甜味

我爱她身上的焚烧场

爱她焚烧自己的童年与不保的晚年
焚烧酸味与甜味的樱桃，结果与不结果的爱情
世界只剩下，零点二毫秒

失 忆

我的心如天空中
一只灰色的小鸟
你若伸手触碰它的羽毛
还隔着手指的距离

远方，田野山峦
一片片，与我的睡眠
重叠

我先是听见你
才听见蝴蝶

时间在岛上（组诗）

岛　屿

我在一座岛上待了四年
我在翻看的页码，饮食的白盐，一场雨里
去查看这座岛

我的宿命是一座岛屿四面潮声
雨天，我倾听到
脚底下这座岛，是我的心

悬于半空，与空气隔绝
四面是海水，白色，无法挥霍干净的白

岛屿，圆形。我吐露的言语也是岛屿
一座座岛屿。当我开口

没有人的大陆与我的岛屿连接
不会有接壤的玫瑰

注定，孤岛
唯独我站在这座岛前

用自己与它连接

唯独，我在这座岛

爱丽丝

我的声音寄给孤岛
为它取名：爱丽丝
天空的一朵云与它同名

爱丽丝呵
你寄存我多少声音
它们全部化作礁石，椰子，群岛

我听见波浪声
大海之外，还是波浪
孤寂缓缓流动在海平面

那是爱丽丝对我的
全部回音

照 见

如果我是快乐的，我见过月亮的耳垂
如乡愁般明亮

我命令岛飞翔
像捏石头一样，我把岛捏在手心

岛还给我大海，聂鲁达，有花窗的房间
白昼与黑夜丧失钟摆的垂线

岛还给我酒红色音乐，整条街道的狂欢
浅蓝色的忧郁装入细细的花瓶里

岛，此处的时间如潮水般无边
我在你身上度过最轻最疼的时刻

一只木筏孤零零的
唯有天色照亮它

岛上时间

岛上时间如雾气般切开
光阴无垠，土地无垠
自己也变成无垠的一部分
她是孤独透析红宝石的光

夜色，穿过哈佛广场
小径旁的枫叶

朗诵深埋于心的诗
路过的砖红色如读过的永恒
星星坠入杯底
她成为酒红色无法漫过的潮汐线
缅因州的公路沉睡着路灯的光
金棕榈像蜻蜓的两片翅膀

公路笔直，像真理一样望不到尽头
夜晚在贝壳内逐渐沉默腐烂
海水，一声又一声冰凉

风吹缓了夜色
生活在这里或许是种真理

巴别塔

我怀着一首诗的种子穿过人群
欣喜，又落下苦楚的泪水

我如含片般在悲伤的汪洋里
一直住在蓝色，才能感到蜂蜜的甜

窗外的岛屿与椰子树，从杂草
到飞鸟划过天空的痕迹

都是昏暗的。我写下的每一个字
里面住着祈祷的神。每个字都在发光

只有我在写诗时
这装满岛屿的眼睛有了光芒

只有这个时候

远　影

生命如随手涂鸦
线条漂泊在不属于它的草稿纸
船儿远离海洋。搁浅

我的血管有种气息
与天空诀别
血液与孤独互相激荡
如浪花一朵朵

拍打远岸。它们终究消逝
我像海一样，忍受盐洒满空隙
时光比我本身所能容纳的
还辽阔

这样的日子何时结束

我站在岸上
亲吻这片沙滩
像亲吻我的错误

声音锁在抽屉

回到海洋之外
成为我的渴望

这儿，像被捡干净的鸡毛
我的心像树干掉光叶子
每日与我作伴的
唯有如牛奶般饮尽的孤独
可我饮下的都兑着水笔液
兑换成一张张稿纸，它们自诞生
便沦为失语者
声音锁在抽屉，压在箱底
如孤岛般受到排挤

我用什么清泉漂洗生活
风灌满果实，树枝垂下怜悯
何时我从空中夺回声音

风儿，不要害怕
并非与你平分寒冷

荒 土

这座岛，与陆地割断
我也常常觉得，自己被世界抛弃

我是上帝赠送的礼物，飘荡在这片荒土上
不知不觉浮现出墓地

没有墓碑却已经入土
墓志铭：深爱过世界，然后与世界分手

目的地：一片幽蓝土地，遍布接骨木
天空代表上帝，大地代表女娲
他们争夺我，安慰我，送给我一块木牌

插在我身上，提醒路人们
小心步行，防止摔倒

不是：不要打扰这位睡者的安息

而是：这是被悲伤诅咒过的土地
请绕过这寸土地，保存你们仅有的快乐

第十三天

我幻想住在巴黎
一间阁楼
窗外是一棵树，与另一棵树
中间是沉默，永远

褶皱裙，大卷发
年轻的面孔。像岛边的海水
好听的法语。像阳光的波浪

煮牛奶，烘面包
如果有个情人，取名为
没有钢琴声的太阳，或者莉莉安

躺在沙发喝红茶
听法式民谣从身体流淌出来
浇在绿草上成为新的阳光

有时我也会忧伤，放缓步伐
像猫不小心踩碎夕阳
穿鹅黄色碎花裙，朝街道留下吻

可我从未去过巴黎
我连清贫也没有

残　温

你伸手触摸那簇金银花
露水沾染温度

你走了，带走光线和双膝
连阴影也不曾留下

而我走在我们曾走过的小径里
绿荫浓密，雾色穿过一种失落

此刻若雨水减弱
也放缓不了那日
一片树叶与另一片树叶瑟瑟

不断有步履穿过
踩断路面上的蓝音节

我把永恒放在了树叶的瑟瑟里
弯下腰，抚摸金银花的花瓣边沿

你教会我这种生活

与第三个人谈起我们曾谈过的
引起我对你的幻想
你的指甲甚至行李箱
装满什么质地的衬衫与哀伤

你的名字是契约
谈到你——这份处女地
我像小偷卷走藏宝图

我去过你前往的餐馆，书店
如博物馆收藏你的生活
而你，慷慨的艺术家

还向我展览，绝望是张纸
画上飞鸟，画上蓝色草地
你教会我这种生活。怀恋你

幻想我是鸟
羽毛脱落，脚步后移

身后高崖

与你的记忆
如河流从我们双手间流淌

雾　里

窗外，黎明压着金银花
雾气无法撼动那簇植物
他握着她的手，更紧了

她的目光与雾色相遇
隔着玻璃
这株植物会醒来，先于黎明，被吻醒

卷须，绿叶，金银花
忧伤的部分，坚硬的部分
钻入蜂蜜滴落般的夜晚

体内，山谷僻静
几只金丝鸟绕着树林欢鸣
再次离开此刻

她的心如雾般
万物飘散，又凝固
重返时间

安眠曲

月亮举着镰刀
追赶一群哭泣的山脉

无数扮演死神的孩子
甜美如糖果

酿造术

蜂蜜和沙拉酱
是花朵的两瓣

那未曾使用的月光
是过期的标签

所有甜腻的事物
比秒针更短

第一封

1974 年。我负二十五岁
他十七岁，写下译后序

十七岁的我，尚未理解郁金香的金色
并非属于光明，一切只是田野的附加值
尚未学会从一栋屋子解剖到一根房梁

木头与石头，于我而言是两种血液
我把材质理解成了血统。把天空上的一切
都成了信仰。而地上的，是敌人

所以父亲母亲兄弟姊妹，我爱过的每一个人
都是敌人，所以爱也包含铅色般的痛恨

浣纱女无法洗净
田野与树林。树林充满果实般密实的爱
散发芬芳。还因为树木的枝头距离天空更近
我选择树林的芬芳，而不是田野的芬芳

为何我低下头无法亲吻到我的两根锁骨
田野与树林从我身上开叉出来。大自然

完美的黄金法则。我成为一个整数

不必为过去的负数忏悔
我未曾写过一篇译后序，未曾待在时间背后的
旷地
等待一只鸽子，从我手里飞出

云与月

夜晚，听月亮吞掉云朵
一朵又一朵

天空中的云朵何时被吞净
我才能入眠

又或者，彻夜未眠
月亮依旧如此洁白，像婴儿指甲盖
什么都没有改变
什么都不曾改变

我抱起夜晚的亲人
失重的书。我的孤独
要盛在另一朵人间的云里

天上的，地上的，都齐了

画下一只蓝色小鸟

嗓子悬着一根滚烫的铁杵
深红色，如我对世界的热爱

我获得眼睛飞翔与沉默的许可
一只昆虫向我展示它羽翼闪烁的光
像屋顶沉睡，明亮的雪花

我走向角落无人的餐桌，坐下来
在吐司与蜡烛旁，画下一只

等待许久的蓝色小鸟

露　水

你在窗台写露水
写露水的侧影，倒影，全部

写我像颗露水，早晨
来到窗前。伸手触摸

消失了，羞涩
你永远看不见融化的模样

日出时满屋灿烂
后院投下长长的影子

可那阴影，那寂静
是全部

催 熟

灰色帽子，灰色上衣
灰色裤子，灰色鞋子
一如我的抒情

我要做一名灰色的女孩
把失眠和悲愤踩在脚下
它们像过夜的残枝败叶
而我在车站。等秋季

带我动身前往昨日
潜入神曲里的第一幕
台下，观众们如鲸鱼
夜色如残缺的渔网，盖住
肮脏，腐烂和票据

唱诗班里，他们一群人闭着眼睛
聆听神穿过竖琴，神站在
每个人的呼吸里

他看起来疲倦，慈祥

远方有什么，催熟我身上的灰色

果实落地

神　曲

写不出一个
令神颤抖的词，是在犯罪
浪费我身上烈日般的才华
我向阳光致歉

坐在书桌前
这里是教堂
有时，也充斥
福尔马林味

而为了搜寻一个词
我站在神的呼吸上
灵感坐落在
风与失眠的空隙里

我爱你。也爱
一百年以后
你我皆消失

可这首诗，仍在。

代替我们饮茶，入睡

——接受朝拜

吻有锋锐

小小共和国
你是，忧伤
偏旁有了落日
倚靠在树影

哆来咪
我在。吻有细碎
锋锐。你要
哪个

荡秋千。我摇摇
你欲坠。
随手放在衣架上的
裙子。丢弃时，风吹过裙摆
尖叫流过花纹

神情散开

我闻到原罪
是开水味

圆 缺

诗歌如烈日，如瀑布般冲袭我
对不起，我忘记携带
绳索，过敏药，遮阳伞
坐在公交车里，忘记日期
周一和周二周三周四
和焦糖玛奇朵，有区别吗

而绕着牵牛花爬上红屋顶
小矮人与小花猫歌唱我写过的诗
像太阳，像瀑布，诗歌冲荡着初夏
若不握紧芦苇，屋顶则会翻船
若不祈祷，风则会发怒

写信告诉你，我住在一支
蓝色的歌曲里。有时船会搁浅
有时月亮会褪色

更多时候，我用爱情修补
一面镜子

从纽扣寻找完整

深夜，声响淌着铁水
从走廊的这头流到那头
一整条长廊是我的失眠

淡淡。是我面庞最常
笼罩的窗纱，升起
在大地的清晨之初
深夜之后

一个圆就是一天
我从上衣的纽扣找寻完整
金汤勺，铁汤勺
两种质地，一种辨别

这个女孩如书本般平整
一定是曾遭惊雷，撕裂
像一朵花
插在她的秀发上

未 眠

闭上眼睛，驶入隧道
我变为列车，一身铁锈

睡眠是两条铁轨
冰雹，大雪划过车窗
叮当作响

轨道灰色，如同荒原
它们无法稀释红，无法学会宽容
深海尽头，一片红树林

我想跳出列车窗口
奔跑，把自己的骨头
喊出风的呼啸。眼睛，耳朵
变成风的一部分

风掠过大树
那是我骨头塞窣
206 块骨头在夜色狂奔，舞蹈
跳到榕树上，把天空搅出雨水

骨头在水井盖上跳踢踏
红灯停，绿灯行
骨头无知。一辆巴士驶过
又一辆。我的骨头
你们仍在跳舞吗

雨夜，除了风
我还听见其他声音

灵源（组诗）

灵源石

我二十岁
这里的岩石，比我年长

以上千年、亿万年计算
超过我指甲盖
脑细胞

灵源山有古樟，千年树龄
木棉，百年树龄

也有古时期
海底油衫林。这是另一种石
活化石。我站在时间里
看不见自己的光

灵源瓦

灵水古村落不是一座
而是一片。以瓦的模样

一片片斜枕
沉睡。于是，雨水有了弧度
拉开直距的乡愁

瓦躺在檐顶
凹落。怀恋母亲的子宫
果实的圆润

凸起。确认自己的存在
体会起伏的一次次生命
仿佛我总共活了
落日出现的次数

两种姿势。相反而相似
抚摸瓦片。抚摸到生命
最本质的状态
棱与道。落日从一切身上
缓缓挪动

垂奎大厝

你的名字俯下身
开出一片雕花
你的身躯拔地而起

从瓦上谛听灵水

深绿廊柱
圆穹形，从天空寻找完整
花虫鸟兽流过
月梁与附随、垂筒与托木

厝脊燕尾
曾捎走了垂奎的时光
现在，它们一一
返回

放轻脚步。从飞檐间寻找
唯美的代名词。从翘角里

找到灵源乡愁的姿势
——接近于雨声
化为整数

邮 寄

我荒废时间。每一种荒废
像雪花飘零一样优雅

这首诗写下来
也像是片雪落到了寂静里

可我的眼底除了雪
还有桅杆，我向往大海。另一种元素

每天。提拉米苏蛋糕和黑森林蛋糕售罄
一整个暑假了。我仍旧没有尝到

忧伤沿着枝条从我家，伸到你的窗口
果实一颗颗。糖水喝到底，晦涩

我的等候也售罄了。我念想
如何像保存一片雪一样，保存念想本身

我会邮寄一片雪。从夏天寄到冬天
收件人不写你。写给，荒废

夏天的雪会比冬天的雪还要凉吗
尝在舌尖，是不是感觉

我们背后，列车经过

云 朵

我数着云朵，从你的眉毛
数到你脖子上的那颗痣

那中间，有一朵云爬起来
我想起夜晚，你像水一样融化

数到七月七。一朵云湿润
我想起有条暗巷，穿过你的身体

我们从头数起。从问候开始
如云般的话语。如云般的吻

我如何也数不清
云朵带着你的罪状穿过天空

如果，我能忘记白色或者蓝色
或许，我能忘记你

轻是一种什么感觉

明明是天空里的一朵云

却落到了你眼里

吻　合

你已无法找到我完整的心
手上是块碎片

你爬着烟囱从月亮里寻找
用木棍伸进树叶里试探

找不到。亲爱的
你无法拼凑第二个完整的我

除非她微笑起来，阳光和煦
白桦林翻涌，混着我的悲鸣

你若承认我的月光，曾最打动你
也请承认你如今不那么爱我

换我寻回
金子般珍贵的碎片

碎片的裂痕互相吻合
镜子照见镜子

纽　扣

和你接吻时，我尝到了一片海
海里有甜腻，有花朵，海棠状的，有忧伤

你闭上眼睛，我也闭上眼睛
我变成了一颗纽扣，可以系在你的衬衫上

系在第一位。太阳的位置
你的项链缺了挂坠，系在中心，银河的王座

我也可以被你握在手心里，攥得紧紧的
你是，纽扣的大海

我旁边的枕头是空的。纽扣的大海
去了另一座岛

天空的云吹散

天空的云被吹散
像无色，无味的悲伤

落在伞上，滑下
不见影儿
如我修改无数遍的手稿
字迹沾染泪珠
却不着痕迹

草丛细风窸窣
昨夜，梦里新长叶片
记忆抚摸如棉衣

亲爱的，从我的伞上滑落
离开我，令你如此伤心么
竟藏得无影无踪

我常常想与你私奔
和你一起蒸发

洗 梦

我所有的灵感都有你的影子
你的肥皂，墨镜，坏掉的拉链

我的杯底残留你的悲伤
你说过的话，绕着杯口
我试图用口红覆盖

清晨，我伸手取衬衫
摸到你的想念。绸缎般光滑
系上纽扣。你对我的想念
刚好填满，一个圆

一轮在天上，一颗在心里
我们见过并抚摸

草丛洒满白光，为何发烫
深深花果，掩埋我们的爱

当我们互相看见
雨水，洗过大地

大提琴未尽

夜晚，我飞驰纸上

裙子如巨型伞撑开
树上的苹果全部撞落

山峦，接近云巅
瀑布弯曲
如一首未尽的大提琴
全世界站起来恭听

水流倾泻，黄金身姿
瀑布拉开弓弦
得到旨意
浇灌众神

——此刻，我如何不做到
纵身跳下

双音节

写下这首诗。便闭上眼睛
睡觉。听海水划过耳膜的声音。

从远处流到窗台。我养的那些矢车菊
枯了。它们见过

我写诗艰难。花瓣
与我写下的一个词重叠。

重叠时，变成双音节。

我时常告诉自己，写下这首诗
闭上眼睛

替窗户原谅自己

我把忏悔都献给了白鸽
它们接近一个女孩
我未曾实现的过去

写诗。忏悔。偶尔也做点正事
去湖边喂天鹅。这是另一种女孩
我舍弃的另一种可能

有时我写下一行诗
如同身上光秃
长出令人抚摸的羽毛

那一刻，我替玻璃窗
原谅了我自己

听 风

直到有一天，我站在树下
看着树叶一片片，月亮
插作我的书签

叶片上的那滴蓝
不再融进指尖
也无法化作一整个夜晚
你永远丧失了一个我

喜欢上了
比爱情更短暂的阴影
打着灯笼，观望井水

银针落入湖面
你能辨别出声响之外的轻

融　化

我每天都在融化
不着痕迹

如果你听见我的融化
风会在你的额头上
留下深深一吻。如果你愿意
也可在手背上

所有听见我融化的人
如风拂过琴弦，不由颤抖
枝头上的鸟儿纷纷飞落
那是我在枯萎

唯有寂静才配得上融化
不是这个世界一点一点地变小
而是我在融化。融化成
与你的心大小一致

羽毛埋在雪地上

我写出的一行行诗句
比雪轻一点，就像你昨天

擦过的手帕。我舍不得扔
风里，我体内的吊钟

一声声传来。孤独
我把金属性写在纸浆上

如果一种材质可以稀释
另一种材质

如果我用身上的骨头
可以听到沉默本身

我全部的孤独
不过是羽毛埋在雪地上

它们都近似于白

纷　纷

枝头纷纷穿上雪
它们穿上我的孤独

云朵的赞美
从天空纷纷降落

纷纷是我的孤独
降落也是我的孤独

寒冬披上这件白色斗篷
我把孤独固定在一场雪中

三朵玫瑰花瓣

我从不肯用这三朵玫瑰花瓣

酿泡一杯花茶

被人反复提炼的汁渍

我绝不肯献给你

我想为你带来

你从未见过的蓝

如何像秒针般短暂掠过天空

又掠过你眼底，长久如我

我对你的爱是枝头上满满的叶片

你仅是轻轻一摇

我全身的羽毛，纷纷散落

为何不是果实。甜美

仿佛只是一夜的衣裙

像人们忘记承诺那般

腐烂

而只要风一吹

我即将献给你的，又轻轻晃动

比森林多一阵栀子花香

天空的雪花会有落尽的一日
枝头的树叶会有掉光的一日
我献给你的句子
比森林多一阵栀子花香

我读光一片天空，也无法读光你
如果你们是同一种蓝
一定一种是倒叙的蓝
一种是插叙的蓝

我是不疾不徐的蓝
蓝得你抓不住手
像鱼一样溜走，也耽误了鱼本身

后来，我学会坐在树下
不仅读树叶，还读树叶缝隙里的光
有的落下，有的斜射
有的化在了我眼里

轻 柔

我把身体的弧度
献给天空。如此，死后
我可不向往天堂

云朵上盛载
灵魂多余的分量

忏悔变得轻柔
神看见世人时，神与人
同时变得轻柔

窗

咖啡客栈
与朋友并排睡张大床
对面，一扇窗

凌晨五点我醒来
那扇窗沉寂，如嘴唇紧抿嘴

窗后，老房顶砖瓦
一片片冰凉
沉默身后
有青苔，露水

一整日的哀伤与回忆
最初沿着窗栏爬上清晨

凹

如果忧伤可以定制
我要找天空定制
只有天空
才能容纳我接近一毫秒的偌大

我要把忧伤定制成浪花状
槐花香。浪花一朵接一朵
呈现我灵魂的弧度
眼泪的分量

如果海水能推动我的忧伤
我也把我自己，推到对岸
完全相反的那侧

我身体凹陷的那处
只有天空才能弥补

像雏菊，像野兽

写你的温度，写你的湿度
温度与湿度并存
成了你略有弧度的忧伤

写你的蹙眉，写你的侧头
你弯腰时，夕光裁剪成
你的新裙子

你是树枝上的枝头
更是我手指缝隙里的

我写下你，是果实柔软
汁渍留在纸张上

而那渲染开的
是你的眼神，像雏菊
像野兽

剪下会唱歌的夏天

夏天不是整片
它被火车碾成碎块
留下阴影。呈螃蟹、龙虾、海葵状

我昨日吻过夏天，裙子滑到脚踝
我剪过一串风铃，在剪风铃之前
夏天已成碎片

当风穿过铃，夏天获得形状与声音
我剪下会唱歌的夏天，献给亲爱的
系在他衣服上

夏天已获得完整，但未获得树叶
我还想找回碎片，放入体内
与悲哀共鸣

一起促使窗外杨树
摇晃出一片光

一　瓣

我像麻雀俯身于谷地
我坐在诗句里，把自己端坐成
一朵玫瑰花。一瓣

又一瓣，剥开。像剥开
你的忧伤一样娴熟
像米粒般偌大，你的忧伤
只能容纳我

如果天空侧身，就会有
飞鸟经过，她的羽毛
必定是我失眠时，轻轻
掉落的发丝

一场暴雨袭来
失眠，告别，忏悔，纷纷
降临。我忘记了你的忧伤
便也忘记了我自己

天空分娩母亲，而我

分娩了你完整的忧伤
我只不过是替树荫
遮蔽过大地

晃

他或许过于忙碌
将我遗忘

我在每一片泡沫里
寻找他的存在
他走了，我仍然
辨认我的残余

像只野猫我晾在秋千
而我的心
像垂着脑袋的小鸟儿

我和我的心
晃呀晃，晃呀晃
和落日一起
晃下来

直至
电话接通的那刻

所有的音符

回到

五线谱上

孤　影

你的肖像

如海滩上鸟类遗留的足迹

越来越浅

你的言语比这些足迹还浅

浪花拍打，沙子覆盖

不见踪影

星星无声踩在脚底

它们共同保守秘密

夜空知道

星星已离家更远

我喉咙深处

曾散发苹果芬芳

那些气息变淡

你我相隔好几个黄昏的月亮

时间是信使

投递时将你遗失

枣

海上漂起一千只孤帆
我是远影
我把天空读完
提前读到结束

在你身旁
我只需做一株植物
凝望深棕色土壤
扎根于永恒

不用朝着光线
轻轻颤抖叶片
便获得一种愉悦

生活化作几朵云
从孤寂到最外层
染上深色

一辆列车
缓缓吐出云朵

从我这出发，驶过一行诗

最后抵达我

碧空尽

我已体会死亡气息
出生至今的每夜
练习题做得越多
会否更接近标准

我竖起全部听觉
倾听一片叶子
在风手掌心晃荡

它渴望，绝望过
雨水是它的眼泪
沾湿一棵树，整片树林

渔村的灯火
从远方传递到我脚底
寒意抵达全身

脚下踏孤帆
身体两片云天
随时可能朝上，朝下

你要紧紧抓住我
握住这把通往世界的钥匙

金属生锈
我与世界永远失联

我钻入羞耻
听秋虫，夏草
听我的一生

神　仙

树枝交叉如衣裳撕毁
夕阳从树的缝隙漏出
如破衫里伸出誓言
却无法抵达我

我脚趾如同阴天
两株树滴滴答答
猫猫叫毛毛，长绒兔子叫毛毛
月亮光滑叫毛毛

树木晃动，我所有的毛毛
滴滴答答。放缓放缓
阴天流过你们

落寞也长出细毛
变成绒毛抱枕，躺在沙发
睡成一种气味

从客厅扩散到大脑
此时，我的脚趾成为阴天
屋顶不断淌出泪水

唯有与树枝相碰

气味从所有人的口袋里

高高飘向月亮

房屋都远了

我比原来还小

放飞一场梦

我们是梦醒之后

毛毛，你把气味蹂躏

我成为自己

永远无法闻到的另一个我

夏天我喝多汽水

如人们的误解那么多

无人读懂，毛毛如何过渡成气味

夕阳伸出我无法抓握的

脚趾永远阴天

古屋上高悬一滴黑水

如我提前备好的寿衣

风吹来，树木晃动

我的一无所有呀

晃呀晃

天　使

天使是种元素。我摊开书本
铜和铁，金属性与氧气一同流过
从手背抵达灵魂的峡谷

像气流，大气层
穿过我肌肤。将身体与心
云朵般剖开。

把我吹到时间边缘
平行时间
与它毗邻，呼吸，沉睡

二价铁抽走天使的胳膊
我从小无法完整背诵
化学元素周期表

我最先触碰的天使
是拆解的。像光线，像金丝雀鸟鸣
接近于，若有若无

天使是种液体

伴随玫瑰花茶流动
在我胃部分泌沉默

天使与我融为一体
我是淡蓝的部分

神吃神。天使接近绿色蔬菜性
天使拥有心脏，是棵胡萝卜
胡萝卜歌唱藤蔓
胡萝卜怀恋院子的旷地

我低头看着脚尖
阴影离我最近时
中间还隔着天使

有时是众数
有时一两只

寂静像小鸟儿飞来

我的思绪夹着
一片又一片杏花

时辰在脑海里缓缓挪动
如墓场永不散开的雾气

失眠是块墓碑
我端坐跟前
祭奠一朵玫瑰

点亮一对蜡烛
寂静像小鸟儿飞来
停在石阶上发光

预言获得光线前

我会在预言获得光线前消失
像你家窗前的樱桃树
得到爱与花苞后向秋意致敬

我会在死亡获得狭窄的阴影前
超越海水与光线

死亡闻起来，丁香味
死亡是巨轮驶过岛屿留下颤抖声

樱桃树鲜红，上帝吟唱童谣
小手帕，小手帕
飞到东来飞到西

小手帕系满樱桃树
死亡，满山遍野

蜂蜜躺着金色时间

蜂蜜躺着金色时间
滴落

一朵花，与另一朵花
投下倒影

我在倒影里写下一行诗
词在光线中滑翔

两根手指那么细的倒影
通往我童年与花香的小径

童年。门轻轻一闭
雪花永远在沉默里

回　家

白天
我把词汇放在口袋
穿过人群，沾满露水

夜晚
它们部分褪色
染上人的气息

阳光先在我体内
完成很小的部分
金丝雀鸟鸣
提前来至

我丢失许多上帝
他们像灯一样迷途
在雪里永远沉默

睡眠
我与上帝的间隙
躺着金葵花与蓝色词语

听色彩，听田野的风
吹起又落下

风轻轻穿过我的身体
引领我回家

雪天在清晨

雪地——树木的镜子
树林里布满细细的树干
朋友传来雪景
影与雪在低声秘语
只有树影走入雪的心里

雪地里残留着浅浅的足迹
麋鹿,或者衣服上的悲伤
不小心掉落下来的

它们想要亲吻雪,落入雪的怀抱
我们注视印痕,两条记忆
驶向不可预知

迷雾,在身后
这里是深夜。雪天在清晨

季 节

一个金色头发
一个刚刚发育饱满
一个把深蓝色海洋当作情书
还有一个，在落日前偷偷爱我

我对她们许下承诺
种下豌豆，葵花，花生
天空，你能认出这栋房子吗
四个女孩系上晾衣绳

她们一个想飞，一个想藏在海底
一个想父亲，一个沉默

她们的父亲
拥有浅蓝，橙红色，深紫，漂白枝叶
她们的父亲
拥有星星，流浪者云朵，国王太阳，月亮情人
抛弃她们

她们的父亲，有时也会怀恋女儿
偷偷钻入房内，探望她们

她们却躲在屋里
变成钟的发条，鸽子的咕咕叫
替我缝纫和烧茶

她们轮流服侍我
走向死亡

黑　水

黑水沉积在我体内
一滴滴，敲打窗栏

黑水像阵凄凉的箫音
太阳掰成两瓣，一瓣淌进黑水里

复数会跳舞。黑水化作雾气
弥漫整间屋子。它们在罐头底下跳踢踏舞

黑水追赶我，像敌人，像情人
我跑，黑水乘着鸟的翅膀飞起来
我生命里无法逃脱的暗房

它有时也是温顺的，像猫的爪子
挠我头发。为我唱有颜色的歌

我的身子日益单薄
黑水不断从我体内涌出

音 符

我是一只音符
与乐谱失散

升调以上的蓝色
全部积淀岛屿的礁石

我长相蓝色，旋律酒红
五线谱黑色，我不喜欢暗房

我常常离家出走，探望太阳的额头
甜美如郁金香

我喜欢酒红，太阳是微醺的酒
爱情是发烧的高度酒

妈妈的琴声里有鸡尾酒，红酒
葡萄酒。妈妈的高度酒赠送远方

我有一千个妈妈，一百个妈妈
她们将我写下，用手在琴键上
寻找我

我重新回到五线谱
在铁栏里怀恋暮色与鲜花
渴望禁忌的高度酒

我从第一间跳到第三间
无法释放悲伤

弹钢琴的日子

五十二支白色琴键
那是采花，摘果，酿酒，写诗
怀恋上帝，热爱小鸟……的日子

雪花飘落，压着琴键
它们不是同一种轻
一种失去翅膀，却获得飞翔

我不在的日子，唯有雪花
陪伴这五十二个姐妹，五十二段恋情
五十二种隐喻的方式

每十二束银发，有五支忧伤
每十二天，迎来一次道别
而我爱少数胜过绝对的爱情

我那孤寂，可怜的杨树
匆促，满含泪水的小鸟

五十二支在扬起
三十六支走进白色的房间

坐在梳妆镜前，打扮成新娘

我拥有一半升起太阳
一部分渐入海水

八十八支，构成我的完整

我把不安放入信封

我把灵感装在牛皮信封里
获得邮戳的灵感轻轻飞翔
提前寄给上帝保存

在没有黄昏的天空下
我将一封封拆开
见鸽子，玫瑰，海水
孤独获得永远无法透支的芬芳

我把流下的泪水，体内的喧嚣
昨日你送给我的歌谣
放入这封牛皮信封

四岁，我曾看见
一条蟒蛇凝固在血中
恐惧像一根晃着幽蓝的水草
我把不安放入信封

所有的事物在我面前挪动
覆盖阴影。这些阴影变深
染上颜色

愿　望

我从宇宙照见自己
是片枫叶做的一个梦

我与叶片一起凋落在
蓝色沙发

我仰头对开花的树说
再见。破碎的睡眠伴随花瓣
一起旅行，飘向

你小小，美如花的晚安

柴可夫斯基

柴可夫斯基躺在木匣
天空的赞美化作尘埃
落满匣子

清晨，木匣露出缝隙
不耻，遗弃的一日日
如信封般吐出

小棺材在歌唱
含着泉眼的土壤深处
柴可夫斯基在哭泣

哭声从匣子传出
微微撼动房屋的木脚
桌布，橱柜里的瓷器砰砰砰

直至飘向我，充溢我
寻找我体内相同的记忆
重叠，像鱼游过彼此

为何哭泣声深红

如每月，从我身底流淌出来的

温热的忧郁

悲伤在风里有玫瑰味

我曾钟爱过一些落日
我将它们锁入红木盒子

锁入。只有钟爱
熟悉这个动作。我轻轻旋转
黄昏交织成神的目光

仅是一道光,世上的书籍
悲欢,离合,人的一生
幻化作灰尘。比纤细还瘦

我用玫瑰,百合,鸽子,樱桃
给这些数字命名。它们被锁入
沉入永远。有的具象为

一次交易。一场失眠
重复婚礼。舞鞋踩踏,管弦乐
插入一只夜莺,叼走记忆,拾来礼花

我走过模拟的风,走过往事
悲伤在风里有玫瑰味

唯有结束。如此——

才能锁住我所钟爱的
如果落日能够覆盖一生

某页狭窄的居所困住你

人群，一座流动图书馆
人们遇见面孔
如同阅读图书

序言。祈祷如花瓣放入河流
目录。一架没有预言的天梯
不同地区，分类的书架

你翻开书
踏入一条又一条河流与生命
目光停留
某页狭窄的居所困住你

你决意闯入
她里页的生命，获得台词，桥段
紧紧贴近，变成她身旁的记忆

你收藏这本书
放于枕边，度过早餐
你用多久抛弃这个故事

她在他面前
将悲伤的尾页浮出

一整本书的重量
托付于他双眸的凝视

这本书显示纸张性脆弱：
她不愿你离去

交换天空（组诗）

我们诗歌的亲人在天空注视这场会面

绿色海岛是偶数
姐妹沉睡在我童年

我见到您之前
您早已赠送给我见面礼

牛皮纸。装入向日葵，圆顶城堡，童话
金色芬芳，一整片俄罗斯的天空

我们中间睡着一粒粒种子
你缔造呼吸，我观赏生命

你站在高山之巅
我，一株小草静静呼吸于山脚下

人们如括号与括号彼此靠拢
中间是一句长句

百年渔船沉在琼海小镇

贝壳睡在白色泡沫箱上

我们交换礼物与天空
他们的名字是千百年契约

漫长的国界线，一站站月台
他们的嗓音从你口中呐喊

——请告诉我，玛丽娜，鲍里斯
安娜，塔姆……还未融为冰雪

窗外，睡梦如蓝色田野
车厢的玻璃窗扑满雾气
——他们的诗歌与呼吸染上雪粒

这列绿皮火车从这站驶出
——起点：我们的生命
——终点：他们的心跳与血液

我们诗歌的亲人在天空注视这场会面
我们共同朝苍穹
——行深深的注目礼，跨越国度与时空

那一刻，我们身份相同
——怀恋祖先的孩童

我要听你倾诉他们的一生

一朵小白花，落入春天的河流

你住在高楼
窗户是他们的名字
每扇窗，朝向大海，天空
一片向日葵国度

他们名字的注视你
沉睡，祷告，写诗，创造声音
他们歌声的深渊里
你寻找自己，抛弃自己

一个女孩为一扇窗哭泣
你手握谁的钥匙

宫殿千年昏暗，破败
她的想象豪华装修了它们

一条小径沿着序号驶入远方
她寻找金色的源头

每位诗人的一生是座宫殿

她想偷走钥匙，钻入花园，趴在钢琴凳上
睡场午觉，花瓣溅湿河面

他们的声音在海里
你拾起，放入蚌壳
传到旅客的耳边

我要听你述说他们的一生
像倾听一栋栋房屋

我和玛丽娜的共同朋友

玛丽娜，我见到你珍贵的朋友
他将中国血液谱入你的卷发
太阳作曲，郁金香音符
在我枕边弹奏一条俄罗斯长河

他用木筏传递给我
你幸福与悲痛的分量
化作我生命的两岸
船桨轻轻拍打星光
一朵花有了一片花瓣
花瓣寻找花朵，穿过漫长的国界线
——他延续你接骨木的芬芳

天空俯身，浪花起立
我与玛丽娜手牵手
向您致谢

一朵鸢尾开于我们双膝中

一朵鸢尾开于我们双膝中

你注视我双眼
一条深深的河流
岸边有木船，木屋，渔灯

我们穿过那么多风景
找到双膝上这朵鸢尾的名字

找到名字之后
我们不再失散

树叶的颜色在窗户歌唱

我写下诗，丢弃日期

诗与日期失散
爱人的目光无法找到彼此

每个日期是一栋房屋
把诗放入屋里
像花茶，钢琴曲
像孩子睡在手臂
树叶的颜色在窗外唱歌

我携带日期在大地上旅行
丢过钥匙
失眠，做过列车的梦
倾听花瓣失恋的心碎

一生的日期是沙子
这首诗是贝壳
你的注视是珍珠

候鸟是植物的别名

你的眼神是欲降落
又尚未降落的黄昏
牧场的马匹亲吻葵花
所有的植物变成一种候鸟

绯红落下，窗帘拉上
羞涩会重新升起，灯笼沁出滚烫的泪
萤火虫点亮树木的冷寂
所有会变暖和的，都渐渐暖和了

只有一条朝向露水

后来我读了许多蓝色风信子
可你再也无法清凉睡去

一排排黄昏倒在我们之间
唯独缺少，膝头的那朵鸢尾花
海浪浸泡在诗歌里，你的唇
白灯光，甜味除以二

月光挽起裤管，伸出纤细的忧伤
一截露在潮湿的夜色里，想念马路
只有一条，2722km
只有一条，朝向，露水

我多希望它是一个整数
像俳句，像滴落，像今晚
当我和你时，仅仅是白兰地
又不止是白兰地

后来，我读了许多风信子
可你，再也无法，变成蓝色

我以花朵的侧影贴近你

我以花朵的侧影贴近你
榛果。我喜欢，刚好落满

眼神里。甜腻大海，我们足裸
渐次剥落，以毫米入侵蜜色

我的暮水融化你的晚风
我舌尖的浪朵，直抵你的码头
飞鸽来不及弥漫钟声和河流
不再平静。没有平静。

白帝花，钟乳石
来不及撤退的群岛落叶，除以光亮
三百六十道阴影。黏土贴近我
薄雾逼近花朵

榛果。我喜欢，刚好落满
你是，一篮空旷

鸽子的翅膀刚刚落下

我承认鸽子的翅膀刚刚落下
来不及流放，一切已成伤逝

秋季，我削好一根风暴的铅笔
坐在广场里，给随着阴影旅行的钟声
梳理颜料的情史
红色叫曼珠沙华
绿色叫旋木雀，蓝色叫圣马可
豆沙色叫我依然想念你

阅读完这片月光。此刻
等候，我的才华流淌干净
连同奶与蜜汁。直至
我坐成一株仙人球
我们原本怀恋向日葵

远方，鸽子的翅膀悄然落下
我所有来不及流放的甜蜜与原谅

蜂巢衰老

十七岁少女的嘴唇
寂静的欲望是玫瑰林
飞鸟从冷冽的眉间轻轻剪开
灌木林内静静埋葬

绿色的忧伤渐渐蚕食
粉碎在时间泡沫里

风吹进蜂巢的细孔时
能不能让我
轻轻碰碰你

我爱得不多也不少

晨昏轮流服侍街道
每条都像是未出版的诗集
走进薄雾，进入那种追忆
插满鸢尾花，剪光羊毛
或许最终我会抵达此处
薄荷花在晨曦中棋子般静默
牦牛刚哺乳完毕。它们还未
来得及融化，我的气息连同所有的不舍
逐渐吹开榕树的深褐色神情
那时，我爱得不多也不少

自深深处

你的眼窝，白色蜗牛
乳汁流入原野，仙鹤，海葵
它们自你眼窝，深深地来
自你的眼窝，深深地去

你的眼窝，蜜蜂幻想
在其深处，海浪花田
采蜜。风在橄榄叶里，吹成疑问号
你是，我对这个世界
来不及吐露的一缕音

没有苦恼，没有流涕
卧入，原野，卧入，海棠湾，卧入，缓慢
你的眼睑落进绿皮火车内，吹向
来不及吹散的未知

我没有光阴，我没有雪

月亮睫毛

我捧着月亮的睫毛
亲吻过往遗弃的花朵
与愤怒的人

我原谅了
原谅落日一日之内
不曾两次

原谅我的灵魂
与坚强永远断裂

我一如既往地透明
如同月亮的睫毛

轻轻地，吻着我的锁骨吧
它是深山的峡谷
埋着升起的圆月
是你从未使用过的孤独

溅　落

为何她与世上的水融为一体
巨大的缝合里涨潮
群鸽鸣叫，星星从未落在
树梢上聆听花瓣呼吸
今晚。它们全部圆润

她闻见牧童的拨浪鼓
小男孩坐在树底下
暮色摇晃
飞鸟不断溅落

分不清俯身或仰面
乌鸦还是白鸽
最终迷失于甜腻
大地止不住哭泣

最早飞入她神情里的
不是精灵
也不是诗句

染　色

蓝莓，苜蓿，鸢尾，山茶，风信子
你变成任何一种，轻轻掉落
连同姓名与悲欢

数不清的悲欢染上颜色
数不清的我们，静悄悄

细风擦去一瓣雾色

鲈鱼一点一点漫上来
穗草熄灭，我梦见银色高地
云朵抵达，悲伤溅成一刻钟

那该是海水。放错地方
细风擦去最后一瓣雾色
蜜蜂坐在落水的山岗里一整夜
而我想念你

直到所有的声音透过淡蓝的云

段　落

很多年后，你看见
我在大段哭泣

我刚刚写下花朵
在窗台流下渍汁
你是其中一朵

我避免用针叶缝合光线
用很陈旧的樱桃刀
双耳剪，去贴近那些
即将落成无

趁悲痛未染上花香

只能在傍晚，鱼群起飞
将岛屿分裂成两只巨大的船帆
仿佛沉默本身

我身体的岛屿，绝不妥协
一千多条银鸥如云海般席卷
风游进茅草里，浮动起恐惧的磷光
回忆起，夜晚如何将一朵玫瑰
放进玫瑰色里

余晖干净，我宣告仁慈
这场风暴，只允许在傍晚
趁悲痛未染上花香

小　圆

我体内深渊，打开一面窗
风从树林漫过，直吹秀发
芬芳飘到玻璃，化成雾气
无法消散
你的眼神，飞出一只鸽子

你曾读过我的信。裂缝爬满
旧楼，哪条缝隙填入眼泪
我默念你名字一次
花朵便凋零一瓣

整个秋季过去了
我的睡眠终于铲作荒地
月亮累了，降下来
躺在我身边空位

我偷偷藏起你衣服的纽扣
亲吻它，你眼睛般温存
这枚小圆是第二天的太阳

我唤醒日出，还想唤醒

信纸页间夹杂的日夜
带着你亲手煮的咖啡香

风吹过我们的院子
一整排白桦树伴奏

晚 晴

我写许多晚晴

没有一个晚晴,像你轻易破碎

没有一个晚晴,修补起来

看见月亮与深海

森林的渔火与你同时熄灭

你紧紧挂在我伞钩

我们穿过玫瑰花

绿皮信箱

一叠叠火车气息的信

信里,我写芒种,写霜降

所有的节气成为你安静的模样

你缠绕我身上的毛衣

最贴近心脏,一百个春天苏醒

我的心声,如风吹过槐树

清香聚拢成你的睡姿

晚安,窗帘弥漫果实气息

有种坠落,我永远无法触摸

天空撕开一角,你如雪花涌上心头

你的灯光无法直射进我房间
永远是影子，影子。若有人
受够寒冷，定是将吻褪去玫瑰香

流水到我的笔尖，放缓
我尚未想起你的鼻梁，眼睛，耳廓
山谷已推着落日往前走

纸张写了一页又一页，
等候的脚步声，从深到浅
鸽子晚点，我乘着今晨的早班车
去见你

三十平米茶褐色

更多的诗
我写给一个人看
房间小小的窗户

寒风涌入，瀑布般的辞藻
搅动三十平米的茶褐色

写完后，默诵
夜幕替我垂下眼帘
声音涌向窗户，又从玻璃反弹

借它照入的光
借沉默反馈温度
烤亮一个傍晚

彩色玻璃，八角形
为何你微微振动
你同样喜欢这行诗吗

是风惊扰你，或是诗感化你
请别落泪，告诉我

是窗外雨丝飘落

你是我睁开的眼
替我看见外面的全部

这处节奏应沉缓
让所有的悲伤放缓

像你总是不疾不徐
打开，却永远关闭

黄昏咏叹调

那时，我许久未曾动笔
想象力如那冬天的河流凝固结冰
如我家窗外的枣树，掉光所有的枝叶

我的笔再也无法飞出鸟儿
它们已不再寄居我内心的花笼
通过墨迹，重获新生

再也无法从星星数到台阶上的榛子花
无法望向你眼里的黄昏
往下一步，说出那声咏叹调

屋顶落满积雪
我的一生就这么铺上白

落日旅馆

仿佛他们只有这片救生湖
他们削弱们落日，只为更加靠近
彼此的影子。仿佛他们生来
只有这个姿势。像一个句子
靠近另一个句子，雨水和雪崩
即将冲散他们

黑山羊，银铃铛。大卡车带着小卡车散步
农夫们反复洗藕。像是清洗
等待爱抚的孤独
不过是天空搬进湖面里
荷花冒出指尖，荷叶残留的清水
余温未散

每时每刻，飞机起航降落
辨别起飞与降落，仿佛辨别
他的两只耳朵。一只为云朵
竖起，一只仅聆听她心事

他们谈论新的阳光
路过一栋老房子，像蓝色蜻蜓

亲吻沉睡的花朵。很多年以后
这些房屋是否会记得
一颗星星挨着一棵树
一串从《月光小夜曲》
簌簌弹落的脚步声

像雪花，像他从未说过的湿漉

土 豆

一颗土豆面前
我缓缓低下头，观望一场雨

童年的木马到黄昏
躺着大大小小的土豆

它们面容丑陋，像书本，像晴天
咧开嘴，向我招手
露出憨笑

土豆在雨中不会哭泣
手拉手一起舞蹈

它们说，你好，我叫爱情
你好，阴影挪动却又消失
你好，我们无法回到那座岛

鸟儿鱼儿擦过海滩，流过天际
身后田野
芬芳起伏

这些土豆是上帝派来惩罚我
凌晨，街道空荡
发出金属色声响

我被削成五角星，木桩状
云朵留在秘密里

蜻蜓说，我们穿过森林，找来一位公主
施展魔法，她像土豆一样种在大地，穿行大地

土豆公主，土豆王子，土豆家庭
当然也有，土豆游艇，土豆剧院，土豆音乐

土豆在风吹来时，哗哗拍手
土豆不知悲伤为何物
吻如何抖出一滴露

一只土豆穿过所有土豆
与我一起听见车间轰隆
芦苇飘荡在公路旁

我，所有的土豆，皇帝和银簪子
渐渐入土

麦哲伦船长

两条鱼在阳台前游动，一尾银色
另一尾，颜色来临前，消逝在我眼里

凌晨两点。台风登陆
房门剧烈摇晃，床，桌子，整间卧室即将飞翔

妈妈。我成为一条鱼
鱼在陆地里注定觉得孤独。

我在荒漠，陆地上生存了二十年
每次生日，都会提醒我 1999 年母亲的那次分娩

由一次伟大的分娩继而诞生出延续的生日
母亲，你的温房里放着明天

我可能性的忧伤，命运，幸福
最先寄托在你深处的温房

那是一栋蓝色房子
成为鱼是我的宿命，永远住在蓝色

缆绳剪断的那刻，妈妈流泪了吗
我如一名航行已久的旅客

从一片深邃的大海，着陆
那是第一次乡愁

妈妈，不要哭泣。谢谢你把我带到世界上
世界是蛋糕，它有甜蜜的一口

但更多的，是苦咖啡味
妈妈。生命会为每个人定制蛋糕吗

长大后，每次遇见人
会想是否和我一样的鱼，却在荒漠里行走

我期望并且打招呼：你好，鱼先生
你好，鱼小姐

我希望尽头有个声音：我在这里
让我感到，从大海到陆地的旅程

剪断缆绳的那刻，我没有获得抛弃

二十岁的诗集

二十岁，木桩刻入辽阔花场
诗句像飞鸟张开翅膀又合拢
唯一感到温暖的
在翅膀的阴影下

哪只影子
完全覆盖我的创伤与梦境
倾听列车心碎的声音
黄昏与花瓣落在书桌旁边

踏入小径，枝条倾斜
果实圆润发甜，树叶狭窄
形式，语言，内容
凝结此刻，永远的二十岁

我所刻下的木桩
日后会被我所不耻
某条印痕，电线杆歪斜
某个词汇，麻雀挤在天堂

我深知未来

我会建筑更宏大的房屋
亚麻窗帘，水晶吊灯，月光圆柱
历史携带它在大地上流浪
人类奇观哭泣敞开拥抱

而这本诗集——地下室
多年后的黄昏，天气晴朗
我端着小小的蛋糕与咖啡
怀恋地走入这间地下室
坐在红色小沙发
欣赏每件宝物，我的至亲
猫头鹰，郁金香，紫太阳
我曾怀着语言的哭泣，穿过种子
小鸟的翅膀划过天空，上帝在做蓝色的梦

久违了，我轻轻亲吻你
带着花瓣与泪水
亲吻我永远的二十岁